IL S'APPELAIT CAMIL

IL S'APPELAIT CAMIL

Patricia Vigier

FIN D'ÉTÉ
2021

Faut-il nous quitter sans espoir
Sans espoir de retour
Faut-il nous quitter sans espoir
De nous revoir un jour

C'est la fin des grandes vacances. Les enfants ont fait leurs valises, leurs parents respectifs ne vont pas tarder à arriver pour les ramener chez eux, aux quatre coins de la France. Bras-dessus bras-dessous sur les bancs de chaque côté de la grande table installée sous le tilleul odorant, ils entonnent à tue-tête leur chant.

Oui, nous nous reverrons mes frères
Ce n'est qu'un au revoir

Grands et petits, les cousins se retrouvent tous les étés chez leur arrière-grand-mère, en pleine campagne creusoise pour un mois. Une tradition instaurée depuis plusieurs années dans la famille, à la plus grande joie de l'aïeule.

Les oncles et tantes se relaient pour lui prêter main-forte, quelques jours de congé pris loin des villes étourdissantes, chacun face à la joyeuse troupe pour une autre sorte de tourbillon, plus heureux celui-là. Une organisation bien rodée. Maintenant que plusieurs des enfants sont devenus ados, ils assurent eux-mêmes une bonne partie des tâches, libérant un peu plus les adultes qui en profitent pour prendre le large.

Ce n'est qu'un au revoir mes frères

Grand-mère Marguerite arrive à petits pas précipités, son chignon blanc un peu hérissé.
— Arrêtez-moi ça immédiatement !

Elle dépose avec brusquerie les deux pichets d'orangeade sur la table.

— Qui a eu l'idée... ?

Tous cessent sur-le-champ, les yeux écarquillés, la bouche encore entrouverte. Théo pointe du doigt le liquide répandu sur la toile cirée et s'apprête à faire une remarque.

— Mamie, c'est juste une... tente Mathis.

— Je ne te demande pas d'argumenter, cet air-là n'a rien à faire ici, le coupe sa grand-mère, d'un ton altéré, le souffle précipité. Je ne veux plus l'entendre, c'est compris ?

Prise d'un léger flottement qui confine au vertige, elle s'affaisse sur le bout de banc laissé libre. Les enfants, sonnés par sa réaction inattendue, douchés dans leur élan fraternel pour sceller dans la joie leur séparation, ne semblent pas remarquer les quelques secondes de malaise physique de leur bisaïeule.

— Je ne veux plus l'entendre, répète-t-elle les paupières closes.

Capucine, l'aînée des cousins, laisse le torchon avec lequel elle essuyait les éclaboussures autour des pichets et la rejoint, s'agenouille devant elle, une main pour caresser son bras, le regard interrogateur.

Clara, aveugle à ce qui ne la concerne pas directement, marmonne pour elle-même.

— Pfft, on peut jamais rien faire ici de toute façon !

À douze ans révolus, elle a décrété dès le début de l'été que les vacances chez Mamie, « c'est nul ». Elle a mis une application sans faille à s'ennuyer très officiellement tout le temps de son séjour, et n'a jamais manqué une occasion de râler ou de se plaindre.

Le crissement des pneus d'une première voiture sur le gravier de l'allée met heureusement fin à la tension qui s'est abattue sur la tablée.

— Allez c'est bon on se casse, grommelle Théo.

Il se lève à la suite de Clara.

— Je ne vous oblige pas à revenir l'an prochain si c'est si terrible pour vous…

Marguerite, revenue à elle, tient à leur faire savoir qu'elle a bien entendu.

Tandis que les uns et les autres s'éparpillent pour aller chercher leurs bagages et accueillir leurs parents, Mathis tente de rattraper le coup.

— Tu sais Mamie, on voulait seulement…

— Peut-être, mais pas comme ça. Trouves-en une autre pour la prochaine fois. Si tu as l'intention de revenir, du moins, précise-t-elle la voix soudain enrouée.

Le garçon fait le tour de la table pour l'embrasser longuement.

— Évidemment je veux revenir ma petite Mamie Chérie !

Capucine les enlace et glisse :

— C'était merveilleux, comme toujours, merci Mamie. Nous avons tous passé un super été ensemble, c'est la déception de devoir se quitter qui les rend désagréables.

— Moi je veux revenir bientôt !

Joan les a rejoints, son doudou dans une main, son petit sac à dos dans l'autre.

— Évidemment mon poulet, viens là…

Elle se cale plus confortablement pour prendre le garçonnet sur ses genoux, et faire couiner de grosses bises dans son cou, à leur plus grand délice à tous les deux.

◆

La cour a enfin retrouvé son calme après ces semaines de rires, de cris et de cavalcades autour de la maison de famille. La chatte grise de la voisine s'aventure prudemment à travers le parterre de verveine pour vérifier si la place est bien dégagée. Capucine a aidé à ranger les chambres, à lancer une série de lessives et étendre les draps en suivant, derrière en plein sud, face au vent qui monte de la combe. Tout est nettoyé, elle rejoint sa grand-mère qui dénoyaute les mirabelles avant de les mettre à cuire en confiture. La chatte surveille chaque mouvement, assise en bout de table.

— Tu ne veux pas en garder quelques-unes pour faire une tarte ? suggère l'adolescente.

— Pour deux seulement ?

— Un petit crumble alors, je te montrerai comment je mets de la poudre de noisettes dans la pâte.

— Quelle gourmande toi alors, tu vas me faire grossir ! minaude l'aïeule.

— Justement Mamie, tu dois reprendre des forces après cet été chargé ! Tu nous as gâtés sans te ménager, une fois de plus, il faut te requinquer.

Capucine profite de ce climat de complicité pour revenir sur l'incident du midi.

— Je n'ai pas bien compris tout à l'heure, pourquoi tu les as grondés quand ils chantaient ?

— Mmh… ils n'ont pas dû comprendre non plus, tu as raison. C'était plus fort que moi, je ne peux pas entendre cette chanson.

Capucine attend la suite en silence. Sa grand-mère reste un moment les mains pleines de jus de prune au-dessus du saladier, les yeux perdus.

— La dernière fois que je l'ai entendue…

Elle marque une pause, ferme les yeux et les images du passé dansent devant ses yeux. Quand elle les rouvre, son regard est trouble et sa voix chevrotante.

— Ce fut la dernière fois aussi pour certains, qui ne sont pas revenus. Ils nous ont bel et bien quittés, Dieu sait pourtant que nous avons espéré les revoir…

ADÈLE
Début d'été 1941

— C'était une drôle de période tu sais. Nous étions en guerre, mais pas une guerre comme tu peux l'imaginer, pas à ce moment-là du moins. Beaucoup des hommes du village étaient mobilisés ou prisonniers en Allemagne, ils travaillaient dans les usines ou les champs. Nous avions des lettres de temps en temps, passées au filtre de la censure. Des nouvelles quand même, au moins l'assurance qu'ils étaient en vie. Ce n'est pas comme aujourd'hui où vous vous envoyez des messages à tout bout de champ !

Au village, on se débrouillait comme on pouvait. Même ici à la campagne où nous avions vu arriver des dizaines de familles de réfugiés qui fuyaient le nord de la France, mais aussi de toute l'Europe. Ils passaient seulement, ou bien s'installaient. Je ne sais pas si tu peux te figurer ces personnes qui avaient entassé ce qu'elles pouvaient de leurs biens dans des brouettes, des poussettes, des carrioles à bras, et qui nous arrivaient dans un état d'épuisement et d'abattement moral indicibles. Ils avaient dormi sur le bord des routes, dans les bois, les champs, avec leur bric-à-brac ; ils étaient affamés, les yeux marqués par la terreur et le désespoir. Certains racontaient leur ville ravagée par les flammes et les bombes. Des Belges, des Alsaciens, des Italiens, beaucoup d'Espagnols depuis la guerre là-bas dans leur pays : ils avaient tout perdu de leur vie d'avant. Et même une fois ici, loin des combats, ils guettaient jour et nuit le ronflement sinistre des moteurs de stukas, tu sais, ces avions de combat de la Luftwaffe. Et puis il y avait aussi des Juifs, qui tentaient de se mettre en sécurité en attendant de pouvoir gagner des pays plus sûrs. Au final beaucoup de bouches à nourrir en plus.

Alors bien sûr le gouvernement de Vichy a essayé de mettre bon ordre à ce désordre généralisé :

des camps, des registres, des contrôles. Des fichiers à n'en plus finir, ils ambitionnaient de savoir exactement où se trouvaient ces personnes, mettaient en place des attestations de circulation, une vraie folie. Mais par chez nous les gens n'étaient pas trop d'accord. Cet été-là ils avaient transféré les cabanes du camp de Nergout jusqu'ici.

— Nergout, tu veux dire là où on va à la plage ? l'interrompt Capucine.

— Oui et non ma puce. Il n'y avait ni la plage ni le lac de Vassivière à ce moment-là. Tu sais que le barrage n'a été construit qu'après la guerre. La Maulde traversait tranquillement la vallée, et ce n'étaient partout que landes de bruyères, de fougères et de rochers, où l'on menait paître les moutons. Même la forêt a été plantée après.

— Et c'était un camp de quoi qu'ils ont déplacé ?

— Des travailleurs étrangers. Des Espagnols pour la plupart. Ils étaient employés partout où nos hommes manquaient. Dans les fermes, au bûcheronnage, au défrichement de la lande. On les côtoyait, le village avait la charge d'envoyer de la nourriture et du bois pour les chauffer. Le maire avait même l'ordre de trouver où loger le personnel du camp. J'aime autant te dire que ça ne lui plaisait pas du tout. Mais il faisait le dos rond face au préfet, en tant qu'élu sous l'étiquette communiste il risquait gros lui aussi.

Tout le monde avait l'air de la mettre en sourdine, mais au fond, ça grondait de partout.

Moi j'observais tout ça de loin. Je n'allais plus à l'école, j'avais obtenu mon Certificat d'Études depuis trois ans et j'avais préféré m'occuper des brebis plutôt que partir au lycée, à la ville. Je passais donc mes journées avec le troupeau, et ça me convenait bien ainsi. Un livre dans une poche, le tricot dans l'autre, et un petit carnet avec un crayon de bois pour dessiner. J'étais comme toi, une rêveuse…

— Je comprends mieux de qui je tiens ma préférence pour la solitude et les promenades dans la nature maintenant ! Mais ce devait être dangereux pour une fille seule, non ?

— On ne pensait pas à ça, va ! Chacun mettait la main à la pâte, c'est tout. On essayait surtout de vivre normalement, de tenir bon en attendant que ça se termine, que nos pères, oncles, frères, reviennent.

Marguerite chasse d'un geste doux la chatte qui s'est approchée du tas de noyaux et commence à jouer avec, du bout de la patte. Elles se jaugent de leurs yeux pareillement verts. La chatte finit par se détourner et, après quelques battements de queue vexés, elle saute de la table pour disparaître sous les buissons de sauge.

— Tu nous ramènerais pas un petit café ma Capucine ? Prends aussi les biscuits, ceux de la boîte métallique dans le buffet.

— Les croquants que tu fais, tu veux dire ?

— Ceux-là, oui. Tes cousins ne les aiment pas, je ne les leur propose même pas. Je vais essayer de te retrouver quelques photos de l'époque. Je nettoie la table, emporte les prunes pendant ce temps.

◆

La pochette à rabats est ouverte entre les tasses et la cafetière. Marguerite prend un dernier petit gâteau et s'essuie les mains sur son tablier avant de sortir une à une les photos, les coupures de journaux. Capucine se penche pour mieux voir, la tête contre l'épaule de sa grand-mère.

— Là c'est Armand, mon frère. Il avait deux ans de plus que moi.

— Il fait beaucoup plus, on dirait un homme, balèze comme il est ! Et toi, tu as quel âge à ce moment-là ?

— J'allais sur mes quatorze ans, mais je ressemblais encore à une fillette comparée à mes camarades.

Regarde sur celle-là, avec ma copine Adèle. Elle fait une tête de plus que moi, et je te garantis que tous les garçons se retournaient sur elles.

— Il faut reconnaître qu'elle était ravissante, non ? Mais tu étais super mignonne aussi, avec tes longs cheveux dorés, ton cerceau autour de la tête. Tu étais jalouse ?

— Nous en étions toutes jalouses !

Marguerite étouffe derrière sa main un petit rire.

— Fille du maire, première de la classe et élève brillante au lycée de jeunes filles de Guéret, jolie comme une poupée de porcelaine : nous avions des motifs de lui en vouloir ! Et pourtant c'est elle qui m'enviait.

— Ah bon ? Qu'est-ce que tu lui avais fait ?

— Mais rien pourtant ! Une histoire de garçon, dont je me serais bien passée en plus.

— Non, raconte Mamie ! C'était qui le garçon ? Ou bien il y en avait plusieurs ?

Capucine la taquine pour la pousser à en dire davantage.

— Tu vois, là, sur cette carte postale. C'est la commune qui avait fait venir un photographe pour la carte de vœux. Chaque année ils choisissaient une vue de la rue principale, de la place, ou la belle devanture d'une boutique. Cette fois-ci c'était la carriole de l'étameur. Le père Mauranges allait sur les chemins à la belle saison, et réparait les ustensiles de cuisine. On ne jetait pas une casserole ou une marmite pour en racheter une au moindre pet, on rafistolait, on faisait durer au maximum, pas comme aujourd'hui ! Avec son apprenti ils faisaient les marchés pour les particuliers. Ils avaient aussi une grosse clientèle d'aubergistes, ça marchait bien pour eux.

— Montre voir l'apprenti ? Hum, il est pas mal, tu le connaissais ?

— Attends, chipie, j'y viens. C'était un copain de mon frère, ils avaient été en classe ensemble. Pierre. Un gosse placé tout petit chez Eugène, le forgeron, par un lointain cousin. Sa mère était morte en couche, le père ne se voyait pas élever le petit tout seul, il l'avait envoyé là le pauvre. Mais ils s'en sont bien occupés, on ne peut pas dire le contraire. Il devait avoir onze ou douze ans quand il est entré en apprentissage auprès du père Mauranges. Bref, figure-toi qu'Adèle en pinçait pour lui.

— Je la comprends, et toi ?

— Quoi, moi ?

Marguerite joue à l'innocente en gloussant, peut-être pour se donner un petit temps de réflexion, puis reprend :

— Moi je m'en fichais, tiens, mais pas lui.

— Pas lui, tu veux dire, qu'il était amoureux de toi ? Capucine la presse, titillée par sa curiosité.

— Amoureux, c'est un bien grand mot, allez... Si tu avais vu le manège ! Armand l'invitait souvent à la maison dès qu'il était au village, de retour de ses tournées. Alors comme par hasard Adèle rappliquait sous n'importe quel prétexte. Moi en général je finissais de soigner les brebis ou je préparais la soupe avec ma mère, je pelais les légumes. Elle faisait semblant de m'aider, mais se débrouillait surtout pour passer et repasser en roulant des hanches devant les garçons, se mêlait à leur conversation, je te passe les détails. Pierre semblait idiot à force d'être aveugle à son numéro. Tu sais ce qu'il faisait au lieu de l'admirer et ricaner avec elle ?

— Non, je me demande même comment il pouvait résister...

— Il me badait, le regard fiévreux et les joues roses, sans même chercher à être discret. Mon frère le chahutait un peu, se moquait de lui, donnait le change de temps en temps à Adèle pour qu'elle n'en soit pas pour ses frais, et lui, il bredouillait lamentablement quelques phrases de temps en temps. Complètement à côté de la plaque le pauvre garçon ! Évidemment Adèle était vexée, et elle a vraiment fini par m'en vouloir à force.

— Et toi il ne t'intéressait pas ?

— Pas du tout !

— Tu connaissais déjà Papi René à l'époque ?

— Oui, vaguement, mais il était prisonnier en Allemagne, comme mon père et des milliers d'hommes de tout le pays à ce moment-là. Ils étaient pourtant dans le même Stalag au début. Mais ensuite, René, qui avait travaillé à la mine à Bosmoreau, tu sais, après Bourganeuf, a été transféré dans les Sudètes. Là-bas aussi il y avait beaucoup de mines et la main-d'œuvre leur manquait, forcément. Ma mère demandait des nouvelles à la sienne, la boulangère, mais sans plus.

CAMIL
Été 1941

— Tiens, regarde celle-ci, elle a été prise dans la tourbière. Le camp était à peine terminé qu'ils les ont tous envoyés extraire de la tourbe. Ils ont même fait venir des groupes de Palestiniens.

— Attends, tu ne m'as pas expliqué tout à l'heure. Pourquoi ces étrangers étaient-ils enfermés dans des camps ?

— Pourquoi ? Parce que Pétain et ses ministres voyaient du danger partout. Tu n'as pas étudié ça en Histoire ?

— Si, vaguement, mais on n'entre pas dans ces détails, je ne crois pas l'avoir vu non plus dans le manuel.

— Bon, tu as compris que la France de Pétain a signé un armistice avec l'Allemagne. Tu te doutes que cet accord était très mal pris par une bonne partie de la population ? Alors le gouvernement se méfiait de tous ceux qui étaient susceptibles de le contester. C'étaient les « ennemis de l'intérieur », les « anti-France ». Un groupe dont la liste ne cessait de s'allonger.

— Tu veux dire que les gars tout maigres et misérables qu'on voit bêcher la tourbe sur cette photo étaient de dangereux terroristes ?

— À leurs yeux, oui. Surtout les réfugiés espagnols, comme ceux de la photo. Ils venaient par vagues successives depuis plusieurs années après avoir fui une guerre et un régime totalitaire chez eux. Tu dois bien comprendre qu'ils étaient d'anciens combattants, réels ou supposés, donc des menaces. Et de fait, plusieurs d'entre eux savaient manier les armes, s'étaient vraiment battus, et parmi eux, les Catalans avaient longtemps résisté aux assauts du franquisme.

— Et les Palestiniens, qu'est-ce qu'ils venaient faire là ?

— C'était le surnom qu'on donnait ici aux Juifs, d'où qu'ils viennent. Les familles avec enfants étaient assignées à résidence, fichées, privées de droits et de papiers. Les hommes seuls étaient enfermés dans des camps.

— Ici aussi vous avez hébergé des juifs ?

— Tu vas trop vite, attends un peu... Il nous faudrait la loupe, tu te souviens où je la range ?

— Oui, dans le tiroir du milieu. Je ramène le café et je reviens avec la loupe, tu m'attends ?

Tandis que Capucine trottine avec le plateau brinquebalant du café, Marguerite laisse son regard flotter au loin, sur la forêt de mélèzes, plus bas.

Les effluves de résine montent avec les courants d'air chaud jusqu'à la vieille maison de granite construite un peu à l'écart du hameau. Une ancienne ferme dont la grange et l'étable sont désormais à l'abandon. L'ensemble a encore belle allure pourtant, comme sa gardienne, qui embrasse des yeux ce paysage qui est le sien depuis ses premiers souvenirs. Un délicat tableau comme sorti du XVIIIe siècle, composition harmonieuse qui ajuste les rochers moussus, les ruisseaux, les touffes de genêts et de bruyères. Dès son enfance elle a eu l'impression que si les hommes s'étaient succédé au fil des siècles, le paysage, lui, n'avait pas varié. La source surgit comme autrefois entre les deux mêmes blocs de quartz, sous les fougères, file en douce à travers la lande, impassible au passage du bétail ou des bataillons de paysans, de soldats, et aujourd'hui de touristes s'il s'en aventure jusqu'ici.

L'adolescente revient en sautillant, brandissant la grosse loupe.

— Quel bazar dans ton tiroir, j'ai cru que je ne la trouverais jamais ! Tu as l'air toute mélancolique Mamie, ça va ?

La loupe au-dessus du cliché jauni, Capucine scrute la scène, les visages.

— Ils sont très jeunes, non ?

— Beaucoup n'avaient pas vingt ans, les autres quelques années de plus, tous avaient traversé tant d'épreuves déjà, avant d'arriver jusqu'ici… Celui-ci, le plus grand à droite, il s'appelait Camil.

Capucine, penchée au ras de la table, braque la loupe sur la droite du groupe photographié. Un jeune homme sec et musculeux dépasse en effet les autres d'une tête, le regard ombrageux sous le béret qu'il a posé de guingois sur ses boucles très brunes. Il ne sourit pas, mais toute sa physionomie dégage un air déterminé et franc de bon aloi. Les hommes, de tous âges, sont en débardeur, donnant à voir des corps endurcis par les épreuves, les travaux physiques des champs ou des bois, les privations.

— Tu les connaissais ? s'étonne Capucine.

— L'administration du camp les envoyait dans les fermes où l'on manquait d'hommes pour faire les foins, les moissons. Alors on les côtoyait forcément un peu, plus ou moins. Et puis ils n'étaient pas mécontents de voir un peu de monde, de renouer avec un minimum de convivialité ou d'ambiance familiale dans les cas où les familles se montraient accueillantes. Ce fut le cas chez nous, puisque Camil avait sympathisé avec Armand et Pierre. Ils avaient à peu près le même âge, Camil avait trois ans de plus qu'eux seulement.

— Et toi aussi tu as « sympathisé » du coup ?

Capucine, mi-moqueuse mi-provocatrice, donne un petit coup de coude à la vieille dame songeuse.

— C'est moi qui leur portais la musette du casse-croûte. La même chose à tous, sans distinction. Alors on discutait un peu, forcément, explique-t-elle avec un petit sourire.

— Il avait déjà appris le français ?

— Le français ? Mais on parlait encore le patois limousin ici ! L'occitan comme on l'appelle maintenant. Et c'est plus proche du catalan que le français, ce qui fait qu'on se comprenait assez facilement. Et puis tu sais, travailler la terre revient au même partout finalement. Chez lui, Camil louait ses bras pour les récoltes dans les plantations de la région de Barcelone : les citrons, les olives, les amandes, les vendanges à l'automne… quelle différence, hein ? Il n'y a que les bêtes qui ne lui disaient rien, il avait même un peu peur des vaches !

— Et on peut encore le voir, ce camp, il était où ?

— Ah ! Tu poses beaucoup de questions Capucine ! Non, il n'en reste plus rien. Ils n'avaient pas investi dans le dur, je te garantis. Quelques baraques de bois, un trou pour les toilettes, du barbelé tout autour et ça suffisait. Je crois qu'il n'y avait que la cuisine qui était en briques.

— Mais ce devait être terrible l'hiver, surtout ici !

— Tu l'as dit, *terrible*… D'autant plus que les hivers étaient beaucoup plus rigoureux que de nos jours. Celui de 1941-1942 est resté dans les annales, des températures polaires de décembre à mars, sans interruption. Est-ce que tu te rends compte, – 30 °C sur le Plateau ? Plusieurs semaines de neige et un froid à faire geler les étangs ! Sans parler de l'humidité en automne et au printemps, des conditions d'hygiène lamentables, et la malnutrition par-dessus le marché. Alors quand un virus s'invitait dans leurs misérables dortoirs, l'épidémie en décimait une bonne partie.

— C'est dingue, ils ont survécu comment ?

— Comme ils pouvaient, comme nous tous. Il faut reconnaître qu'ils avaient déjà enduré tant d'épreuves entre la Catalogne et ici, que ça vous forge des tempéraments et des constitutions solides ! Avant le camp de Nergout ils étaient passés à travers les Pyrénées, les camps d'Argelès ou ailleurs. Le tout à pied par tous les temps, sans grand-chose dans le ventre. Toujours est-il qu'à partir de l'hiver suivant, les choses ont un peu changé par chez nous comme ailleurs. La Résistance s'organisait, des groupements se constituaient un peu partout. Certains ont réussi à s'évader du camp pour rejoindre le Maquis.

EVA
Hiver 1942

— Tu ne mets pas la confiture à cuire ? rappelle Capucine en s'étirant.

— Je l'avais oubliée celle-là… Viens, ça va être rapide : je recouvre les fruits de sucre et je mets le couvercle sur la cocotte jusqu'à demain matin.

— C'est tout ?

— C'est tout, le sucre cuit le fruit, je porterai juste à ébullition quelques minutes demain à la fraîche. On laissera de nouveau une journée, et trois fois ainsi. Ça évite de chauffer la cuisine. Tu pourras en emporter un pot et penser à moi cet hiver, en mangeant tes tartines !

— Je pense souvent à toi Mamie, pas besoin de confiture... Et alors Camil aussi a rejoint la Résistance ?

— Tu ne perds pas le nord ! Oui, Camil, Armand, Pierre. Ils se sont engagés tous les trois ensemble. Et nous avons toutes commencé à trembler pour eux.

— Mais ça consistait en quoi au juste ? Ils se cachaient, posaient des bombes, tendaient des embuscades ?

La vieille dame éclate de rire et réfrène l'imagination de son arrière-petite-fille en lui tapotant la cuisse.

— Tu regardes trop les films ma Chérie ! Les héros ne sont pas uniquement ceux qui organisent et réalisent de grands coups d'éclat. Tous ceux de l'ombre, aux petites actions insoupçonnées, ont aussi leur importance. Ils agissaient discrètement, et poursuivaient une vie normale au grand jour.

— Tu dis ça, mais si ton Camil a réussi à s'évader, il ne pouvait pas faire grand-chose au grand jour, si ?

— En effet, lui, il devait se cacher. Et ce n'était pas *mon* Camil dis donc, coquine ! Au départ nous l'avons abrité au grenier, il ne descendait que le soir pour souper avec nous. Et puis il a pris le maquis, a changé d'apparence et d'identité, et nous le voyions moins à la ferme.

— Changé comment ? C'est dommage, il semblait très beau.

— Il l'était, pour sûr... Il a coupé ces belles boucles de jais, il s'est laissé pousser la moustache. Pierre lui a dégoté une paire de petites lunettes rondes. Je t'assure que même déguisé ainsi il restait extrêmement séduisant.

Une fois par mois nous descendions à la foire d'Eymoutiers pour vendre les fromages. Le temps de descendre du Plateau pour être à pied d'œuvre dès les premières heures du marché, nous partions très tôt, avant même les lueurs de l'aube. Avec tout notre barda, il n'était pas rare que nous fassions fuir un loup qui terminait sa nuit de chasse. Nous avions l'habitude d'y aller avec ma mère et une voisine qui vendait ses paniers. Mais ce matin-là, nous nous y sommes rendus avec Pierre et Camil. Le père Mauranges leur avait confié des batteries de cuisine, des louches et des écumoires. Il voyageait beaucoup le père Mauranges, il était au courant de plein de choses. Sans trop en dire aux garçons pour ne leur faire courir aucun risque, il les avait prévenus que « quelqu'un » viendrait au marché pour leur faire passer un message. C'est tout, en apparence du moins. Chaque maillon de la chaîne avait intérêt à en savoir le moins possible, pour lui comme pour les autres.

— Au cas où il serait arrêté ?

— Pour cela en effet. Donc nous sommes revenus, Pierre avait discuté avec le docteur Rousselet, celui qui venait en cas de problème grave chez nous, et il en a rendu compte à son patron.

Camil de son côté a croisé d'autres espagnols qui vivaient plus ou moins clandestinement dans la ville, ils ont roulé une cigarette ensemble, dans un coin, l'air de rien. C'est tout. Mais ces temps anodins en apparence donnaient lieu en réalité à des échanges d'informations parfois capitales, ils contribuaient à tisser tout un réseau humain qui allait pouvoir sauver des vies, entraver des manœuvres ennemies, acheminer des armes ou des vivres là où il le fallait.

Et moi pendant ce temps, j'avais vendu tous nos fromages, accompagnée de deux beaux garçons prévenants ! Tu vois, il y avait aussi de bons moments.

— Waouh, et toi alors, tu y as participé aussi ?

— On ne me disait pas grand-chose, vois-tu, pour les raisons que je viens de t'exposer. Et je dois t'avouer que j'en étais vexée. J'y ai participé sans le savoir parce que j'étais « la petite », quantité négligeable, celle que l'on remarque à peine.

Eva ◆ Hiver 1942

— Pas comme la belle Adèle, c'est ça ? la coupe Capucine.

— Mmh, tu as bien compris. « Mademoiselle Adèle », la jeune fille de la ville désormais, celle qui nous racontait lorsqu'elle rentrait au village qu'elle avait des activités importantes avec un groupe de lycéens. Si jamais Pierre était chez nous, elle pérorait au sujet d'affiches placardées sur les murs de la ville la nuit, d'articles imprimés dans les caves pour distribution clandestine, et j'en passe, et des meilleures.

— Tu lui en veux encore ma parole ?

— Sans doute, tu n'as pas tort… mais tu vas comprendre pourquoi. Et depuis que Eva logeait chez nous, elle se vantait plus encore.

— C'est qui Eva ?

— Je ne t'ai pas encore parlé d'Eva ?

La vieille femme reprend une à une les photos de la pochette. De ses doigts rendus malhabiles par l'arthrose elle inspecte chaque pièce, vérifie à la loupe, retourne l'image à la recherche d'une date griffonnée au crayon à papier, d'un nom.

— Il me semblait pourtant avoir récupéré sa pièce d'identité, c'est curieux, elle ne doit pas être bien loin.

— Et vous n'étiez jamais inquiétés par les soldats allemands ?

L'adolescente enchaîne les questions sans attendre les réponses, tout en lisant un article découpé dans *La Montagne*.

— Oh regarde ! Ils parlent de la rafle du 6 avril 1944 à Eymoutiers. Si près d'ici ? Tu y étais ?

— Attends, tu vas trop vite ma fille, laisse-moi retrouver cette carte sinon je n'arriverai pas à t'expliquer les événements dans l'ordre.

Capucine réalise que son arrière-grand-mère accuse le coup du départ de la tribu, la fatigue accumulée, mais aussi les émotions que soulèvent ces souvenirs du passé. Un passé qu'elle devine jonché de deuils et de dangers qu'elle peine à se représenter.

Il lui est tout aussi difficile d'imaginer sa bisaïeule plongée dans un épisode de l'Histoire, celle qu'elle apprend en cours, illustrée par le destin des grands personnages qui en ont écrit les pages principales. Elle apprend bien ses leçons, ses parents lui font regarder des documentaires en complément, mais les événements s'enchaînent de manière abstraite d'un paragraphe à l'autre sur son cahier. Là, subitement, la marge du cahier se couvre de graffiti et croquis qui dessinent une autre Histoire, celle des petits personnages du commun.

— C'est que je ne vendais pas mes fromages à n'importe qui, vois-tu ? On me préparait des commandes à livrer à des personnes en particulier, reprend Marguerite. Ce que j'ai compris beaucoup plus tard, et qui me fut confirmé par ma mère, c'est que certains paquets contenaient des messages. Et c'est ainsi que Eva nous a été amenée un beau soir.

Capucine se garde bien d'interrompre cette fois le fil retrouvé du récit. Elle saisit pourtant mal le lien entre les fromages et cette mystérieuse Eva, aussi reprend-elle un croquant en attendant d'y voir plus clair.

— Les Allemands étaient bel et bien passés dans le sud, comme tu l'as dit tout à l'heure, la zone libre n'existait plus, tout le territoire était occupé. Cela compliquait considérablement la tâche des organisations qui tentaient de mettre à l'abri les familles juives. Il n'était plus envisageable de tenter de les faire passer aux États-Unis, mais il y avait encore des filières vers la Suisse. Le gouvernement de Vichy se livrait à des rafles de plus en plus fréquentes pour les déporter en Allemagne. On peut dire qu'ils ont déployé beaucoup de zèle pour satisfaire l'occupant, va ! Et fatalement, tu avais toujours d'honnêtes citoyens prêts à dénoncer ceux qui venaient en aide à ces pauvres gens traqués.

— C'est elle Eva ? intervient Capucine en pointant une vignette tombée d'un courrier plié.

— Mais oui, la voilà ! Où l'as-tu trouvée ?

— Dans la lettre, là.

Il ne s'agissait que de trois lignes tracées au crayon de bois, à présent effacées sur le papier jauni. « Papiers à suivre, avec le règlement des bûches semaine prochaine ».

— Tu vois, c'était aussi imperceptible que cela. Le docteur adorait le fromage de brebis, il en achetait chaque semaine au marché ou bien s'en faisait livrer. Cela depuis des années. Sans rien changer donc à ses habitudes, il a trouvé ce moyen pour organiser la fuite d'Eva.

— Et c'est qui Eva du coup ?

Capucine ne parvient plus à réfréner son impatience. Il est plus que temps que Marguerite lui apporte les éclaircissements nécessaires.

— Elle était polonaise, de Lukow si je me souviens bien. Elle avait 14 ans, un petit frère avec lequel elle avait pu être accueillie dans un centre de l'O.S.E. après l'arrestation de ses parents.

— L'O.S.E. ?

— L'Organisation du Secours à l'Enfance, ils avaient plusieurs centres pour les orphelins juifs, un peu partout dans la région. Ils s'occupaient bien des petits, poursuivaient leur instruction, essayaient de panser un peu les traumatismes qu'ils avaient déjà subis et de maintenir l'espoir d'un ailleurs meilleur pour eux. Mais à partir de la fin de l'été 42 ce n'était plus possible. Ils ont donc entrepris de leur trouver des points de chute dans l'arrière-pays, dans les campagnes les plus reculées.

— Tu veux dire que les Allemands ne s'aventuraient pas jusqu'ici, vous étiez plus en sécurité ?

— Ils n'aimaient pas monter jusqu'ici, ils désignaient cette partie de la région comme « la petite Russie », et pour eux nous étions tous des bolcheviks ! Cela ne signifie pas qu'ils n'y venaient jamais, mais disons qu'ils préféraient se faire accompagner.

— Tu ne vas pas me dire qu'il y avait des Français pour aider l'ennemi quand même ? C'est eux qu'on appelle les collabos ?

— Capucine, on ne peut pas se figurer les rapports de force de façon aussi tranchée que : « d'un côté les gentils Résistants et de l'autre les méchants Allemands avec les collaborateurs de Vichy ». Déjà tu as tous ceux qui se gardaient bien d'afficher un avis. La majorité en fait, et on ne peut pas leur en vouloir. Chacun tentait de se protéger, protéger ses proches et protéger ses affaires du mieux qu'il pouvait. Surtout ne pas s'attirer d'ennuis de quelque côté que ce soit.

— Ça ne leur faisait rien de voir arrêter leurs voisins, même quand c'était des enfants ?

— Ils pouvaient compatir mais ne pas vouloir susciter des tracas à leur encontre. Et puis tu ne dois pas oublier que la propagande allait bon train, sous forme d'affiches, de tracts, dans la presse contrôlée par l'état. L'ennemi n'était plus l'Allemand mais cette « armée du crime » qui multipliait les attentats terroristes, ces bandits qui semaient la terreur, tous ces étrangers et traîtres qui en voulaient à la Nation !

— Oui, je me souviens maintenant : l'Affiche Rouge, on l'a vue en Histoire ! Elle fait peur...

— C'était exactement l'effet recherché. Le résultat c'est que même ceux qui n'étaient pas trop d'accord n'osaient pas se ranger du côté des « extrémistes » et finir exécutés. Et puis tu avais tous ceux qui travaillaient dans l'administration et qui ne voulaient pas perdre leur boulot. Alors ils obéissaient, au moins en apparence. Mais dans la gendarmerie par exemple c'était plus difficile de faire semblant. Ce sont eux qui étaient missionnés pour accompagner les troupes allemandes lorsqu'elles montaient une expédition dans l'arrière-pays, qui devaient procéder à l'arrestation d'une famille juive, à l'exécution d'adolescents à peine jugés pour faits de terrorisme. Autant de besognes ingrates qu'ils ne validaient pas forcément mais pour lesquelles un refus équivalait à une condamnation.

— Du coup, tous les gendarmes étaient fidèles à Vichy ?

— Évidemment pas tous, il faut encore et toujours nuancer. À tous les grades de responsabilités certains ont fait œuvre de courage aussi, parfois même de l'intérieur, ce qui était encore plus risqué.

— Pfft, c'est vraiment compliqué, vous ne deviez plus savoir à qui faire confiance…

Capucine marque une pause dans ses considérations tandis que Marguerite relit l'article de La Montagne, l'air grave.

EVA
Été 1942

— Ce n'était pas la première, loin de là… reprend la vieille dame d'un ton las.

— La première quoi ?

Capucine, n'y comprenant plus rien, saute du coq-à-l'âne, comme si elle désirait maintenant se ménager du temps pour accueillir les nouvelles révélations de Marguerite.

— Tu n'avais pas dit qu'il fallait cueillir les dernières framboises pour ce soir ? Tu veux que j'y aille ?

— Je viens avec toi, va chercher le grand bol bleu que j'ai laissé sur l'évier s'il te plaît.

Marguerite se lève lentement, et prend les devants vers le buisson de framboisiers, derrière l'appentis. Elle s'appuie consciencieusement sur sa canne, comme à chaque fois qu'elle part au jardin. Ses enfants ont dû batailler pour lui faire admettre que c'était plus prudent, que cela lui éviterait de buter sur une pierre ou une racine. Elle a fini par se ranger à leurs recommandations, après une mauvaise chute qui l'a laissée plus mâchée qu'une poire blette et dont elle s'est bien gardée de leur parler.

— Hum ! Elles sont énormes ma parole !

L'adolescente qui revient en courant s'extasie avec gourmandise.

Elle s'accroupit pour ramasser les baies les plus difficiles d'accès, en bas, derrière le feuillage, laissant Marguerite récolter celles qui sont à sa hauteur.

— Je crois que c'est la première chose que nous avons faite ensemble, ici même, presque jour pour jour.

La vieille dame revoit la scène aussi nettement que si elle se déroulait sous ses yeux à l'instant présent.

— Cueillir des framboises ? Avec qui ?

Marguerite ne prête plus attention aux questions, tant elle semble absorbée par le reflux des souvenirs. Les vannes de la mémoire sont grandes ouvertes, livrant en désordre les événements longtemps refoulés.

— Je ne sais pas comment ma mère l'avait appris, mais elle avait tout préparé. Je crois que le docteur avait croisé Armand lors de sa tournée pour lui annoncer qu'il passerait à la nuit tombée. J'avais vu le garde champêtre chez nous, toquer à la ferme voisine, il était même allé jusque chez Bouillotte.

— Drôle de nom, il s'appelait vraiment comme ça ?

— Pour tout le monde c'était le Père Bouillotte, oui. Un drôle de type à l'écart dans la forêt. On nous interdisait d'approcher de chez lui, les parents racontaient à leurs enfants qu'il était un peu sorcier, qu'il mangeait les petits enfants comme les ogres dans les contes. En réalité son activité de bouilleur de cru le maintenait dans un état second, et quand les hommes allaient passer la journée là-bas avec leurs dames-jeannes pleines de pommes ou de prunes, il ne faisait pas bon traîner dans les parages. Tout ça pour dire qu'il régnait une effervescence inhabituelle dans le coin, mais étouffée. C'était le 25 août.

— Tu te souviens de la date exacte ? s'étonne Capucine.

— Il est des dates qu'on n'oublie pas. Le soir, la nuit était déjà tombée, les chiens se sont mis à aboyer et Armand est sorti précipitamment, comme s'il attendait ce signal. J'étais couchée, trop « petite », d'après eux, pour veiller et entendre les conversations importantes qui se tenaient. Ma mère m'avait envoyée au lit sans que je puisse protester. On ne contestait pas les ordres des adultes à l'époque, pas comme tes cousins qui sont toujours à parlementer pour gagner du temps. J'ai juste entendu un moteur de voiture au loin, et puis Armand est revenu au bout de quelques minutes. Il n'était pas seul.

— C'était Eva ?

— Oui, c'était elle. J'ai fait sa connaissance le lendemain matin, quand ma mère nous a envoyées cueillir les framboises le long de cette haie. Elle avait l'air très fatigué, très pâle, et je voyais qu'elle voulait faire bonne figure. Mais elle avait beau me raconter combien ces framboises lui rappelaient celles de son jardin, en Pologne, où elle avait aussi du cassis et des myrtilles, ses grands yeux gris étaient tristes. Elle sursautait au moindre bruit, craquement ou ronflement de moteur, perpétuellement sur le qui-vive.

— D'où arrivait-elle ?

— Des environs de Limoges il me semble. Elle a passé toute cette première journée dans un état de grande nervosité. Ma mère n'était pas tranquille non plus. Le soir Pierre et Camil nous ont rejoints pour le repas, et tous regroupés autour du poste de radio nous avons appris l'ampleur des rafles qui avaient eu lieu dans toute la zone libre.

— Les Allemands avaient déjà franchi la ligne de démarcation à ce moment-là ?

— Oui, mais c'est bien l'État français qui avait mené l'affaire.

— Ils étaient antisémites eux aussi ? Je croyais qu'il n'y avait que les nazis !

— Oh, l'antisémitisme est une vieille histoire en France… Figure-toi qu'ils ont fait mine de livrer un maximum de juifs étrangers de la zone libre, soi-disant pour que les Allemands épargnent les Juifs français. Tu parles… En attendant, ce soir-là à la radio nous avons entendu comment 91 Juifs de notre département avaient été regroupés à la gare de Guéret, comment ils avaient réquisitionné des bus pour les y conduire. Il y avait quinze enfants parmi eux. Nous étions sous le choc, Eva en larmes dans les bras de ma mère. Nous n'en revenions pas que cela ait pu se dérouler chez nous.

— Et vous savez combien ont pu être sauvés, comme Eva ?

— Non, et puis ceux qui ont été épargnés ce jour-là ont pu être raflés une autre fois. C'était le début d'une sinistre série, tu sais bien.

HIVER 1942
Camil

Marguerite et Capucine regagnent lentement la maison, l'une appuyée sur l'autre. La jeune fille tient le bol plein de framboises. Aucune des deux ne parle plus. La vieille dame revoit les images de cette sombre période, l'adolescente prend conscience avec horreur que derrière chacun des chiffres qu'elle a appris se déploie une vie, une personne, un destin fait de chair et d'émotions. Des couples séparés, des enfants arrachés à leurs parents, des fratries démembrées.

Dans la fraîcheur retrouvée de la vaste cuisine la première s'assied pour prendre un temps de repos dans son fauteuil, devant le cantou éteint jusqu'aux premiers frimas. La seconde lui porte un verre d'eau.

— Il faut que tu boives régulièrement Mamie, tu veux que je rajoute une goutte de sirop ?

La grimace de sa grand-mère ne lui a pas échappé, et si elle s'acquitte scrupuleusement de la mission que lui a confiée en douce sa mère, elle ne néglige pas non plus la répugnance de l'aïeule à l'eau plate.

— Ça ira pour cette fois. Quelle heure est-il avec tout ça ?

— Presque l'heure de préparer le dîner, mais ne bouge pas, je vais m'en occuper. Je vais cueillir quelques tomates au jardin, et si je me souviens bien tu avais ramassé des œufs ce matin, non ?

— Pfft, tu parles, un seul. La chaleur ne leur réussit pas à ces pauvres poules. Va voir quand même si elles ont daigné pondre dans la journée. Pour les tomates prends plutôt les *Roma*, je garde les *Marmande* pour farcir. Ce sont les allongées, tu vois desquelles je parle ?

— Oui, t'inquiète ! Et le thym est à côté, avec la ciboulette, je vais nous concocter une super salade pendant que tu te reposes. Je mettrai aussi de l'ail, comme tu aimes !

Hiver 1942 ♦ Camil

Comme tout est calme à présent. Dans quelques heures Capucine repartira, elle sera de nouveau seule ici pour plusieurs mois, seule avec les fantômes de toutes celles et tous ceux qui ont vécu ici, même brièvement. Quelle idée a-t-elle eue de réveiller tout ça ! C'est si loin… Pendant combien d'années s'est-elle interdit de repenser à ses chers disparus ? Le frère aîné admiré, et ce premier amour, oui, elle peut bien le désigner ainsi, son premier amour envolé. Une vie a passé depuis. Sa vie, dignement consacrée à son mari et ses enfants. Elle n'a rien à se reprocher, non. Cependant elle réalise ce soir que la douleur est intacte, toujours aussi vive et bien présente au fond de son cœur. La peine et les regrets n'ont rien perdu de leur mordant. Aucun des êtres aimés de son enfance n'est plus, elle est la dernière, la seule décidément.

— Et voilà le travail ! Regarde-moi ça, tourbillonne Capucine en lui montrant le contenu du panier, coupant court à ses sombres pensées. De belles tomates mûres à point, trois œufs, et les herbes.

— Bien, tu as plus de chance que moi ! Comment vas-tu préparer les œufs ma Grande ?

Capucine, le poing sur la hanche, l'air compassé, détaille :

— Pour Madame, nous proposons une brouillade d'œufs frais parsemée de ciboulette finement ciselée, et d'un tour de poivre gris du moulin. En accompagnement, un carpaccio de tomates du jardin parfumées au thym, façon « chant des cigales sous la pinède ».

Le numéro est réussi, l'arrière-grand-mère éclate de rire.

— C'est parfait Demoiselle, que d'honneurs ! Et pour le dessert, puis-je vous demander la faveur d'une coupe de faisselle aux framboises ?

— Coulis de framboises chère Madame, ce sera plus élaboré.

Un baiser sur chaque joue et Capucine virevolte jusqu'à l'évier pour se mettre à l'œuvre. Dos tourné en rinçant les tomates, elle lance :

— C'est Pépé qui élevait des lapins autrefois ? Il y a plein de clapiers au fond du poulailler. Ils sont en train de s'écrouler d'ailleurs, mieux vaudrait les enlever tout à fait.

— Hou ça fait bien longtemps qu'il n'y a plus de lapins. Pépé en avait en effet, on les vendait comme ça, les voisins venaient en chercher. On en avait beaucoup plus du temps de mes parents, pour vendre en viande mais aussi pour les pâtés. Ma mère les cuisinait, ou en faisait des tourtes. Elle avait beaucoup de succès, les gens venaient de loin pour lui en acheter. Mais ces clapiers ont aussi été le théâtre d'un sale moment.

Capucine revient vers la grande table avec tomates et saladier, entreprend de les découper tout en écoutant attentivement.

— Sur le coup nous avons craint qu'ils soient montés jusque chez nous pour Eva : le garde champêtre pas très à l'aise, trois Allemands en uniforme et le fourgon plein de gendarmes. Il était tôt, je n'étais pas encore partie avec les brebis, ma mère donnait à manger aux lapins avec Eva, Armand fendait du bois. Ce sont les soldats qui ont déboulé sur nous, en nous menaçant de leurs carabines, en vociférant des ordres que nous ne comprenions pas. Un gendarme a traduit brièvement, nous nous sommes retrouvés alignés, plaqués contre les clapiers, en joue, face à la gueule de leurs armes prête à faire feu.

— « Où sont les autres ? » a demandé le gendarme, un gradé apparemment.

— « Quels autres ? » a répondu ma mère qui ne voulait pas paraître effrayée.

— « L'époux de Madame est en Allemagne mon Commandant, en Bavière. Ils sont tous devant vous, tous les membres de la famille », est intervenu le garde champêtre.

Le brave homme, réformé pour de graves problèmes pulmonaires consécutifs à un gazage sur le front en 1917, était un ami de mon père. Il était au courant que nous hébergions Eva mais se serait fait couper en deux plutôt que d'en dire quoi que ce fût.

— « Plusieurs hommes se sont échappés du GTE ces derniers mois, sans que le directeur n'ait fait le nécessaire pour les retrouver. Ces messieurs ici présents… », a poursuivi le Commandant en désignant les militaires allemands, « … en sont très contrariés. Nous avons pour mission de retrouver ces fuyards, morts ou vifs. Or je me suis laissé dire que certains d'entre eux auraient pu trouver refuge ici. »

Et sans attendre une explication que ma mère n'aurait de toute façon pas donnée, il a ordonné à ses hommes : « Fouillez tous les bâtiments, dans les moindres recoins ! »

Et les voilà, gendarmes et deux des soldats allemands, qui s'éparpillent dans la maison, la grange, à scruter, fourrager jusque dans l'appentis avec force fracas. Je tremblais comme une feuille. Le dernier des Allemands qui était resté à superviser avec le Commandant me fixait des yeux comme pour lire en moi, à traquer une révélation que les autres n'avaient pas voulu donner. Mon frère avait passé un bras autour des épaules d'Eva, et je voyais du coin de l'œil qu'il était prêt à bondir sur le premier qui l'aurait approchée.

Ils revenaient l'un après l'autre, bredouilles et mécontents.

— « Je vous avais bien dit mon Commandant que c'était inutile, vous pensez bien que ceux que vous cherchez sont plutôt cachés quelque part dans les bois, ou même plus sûrement passés en Corrèze ». Le garde champêtre avait tenté d'écourter l'épreuve et de faire diversion.

— « Nous n'en avons pas fini pour autant », l'a coupé sèchement le Commandant, qui avait traduit au lieutenant allemand. « Vous, vous allez nous conduire dans chacune des fermes isolées du village, sans en oublier une seule », a-t-il intimé à notre agent rural. « Et il n'est pas dit que nous ne reviendrons pas ici », a-t-il lancé à ma mère avant de retourner à son fourgon. Sa voix était lourde de menace. D'un regard appuyé, il a détaillé une dernière fois chacun de nos visages, comme pour sonder le tréfonds de nos âmes et enregistrer de manière indélébile qui était présent ce matin.

Nous sommes restés figés contre les clapiers durant plusieurs minutes avant d'oser bouger. C'est Armand le premier qui prit ma mère dans ses bras.

— « Ils ne sont pas allés voir les cochons ? »

Elle voulait une confirmation.

— « Non, le verrat leur a fait peur », l'a-t-il rassurée en souriant.

J'ai fondu en larmes, de soulagement.

— « Il était dans la porcherie ? » j'ai demandé entre deux sanglots.

— « Tout juste, et il va pouvoir prendre un bain, l'Espinguoin ! » a-t-il conclu en s'élançant vers l'enclos des cochons. « Olà, Camil, tu peux sortir, mais tu ne t'approches pas de nous avant d'avoir fait la grande toilette ! »

Et nous avons vu sortir notre bel ami tout crotté, des toiles d'araignées plein les cheveux. C'était probablement nerveux, mais le rire nous a gagnés, de manière irrésistible, et a vite séché nos larmes avant que nous allions lui faire chauffer un baquet d'eau.

— C'est fou, il est passé à deux doigts de l'arrestation ! souffle Capucine.

— C'était comme cela tout le temps. Ils ne devaient leur survie qu'à une vigilance de chaque instant. Camil n'était que de passage en plus. Arrivé la veille, il devait repartir le lendemain avec d'autres pour le Maquis. « Margarida… » m'avait-il demandé en prenant mes deux mains dans les siennes, « … à mon retour il faudra que tu me conduises à tes abris de bergère. Je pourrais en avoir besoin. Tu m'emmèneras, Floreta ? »

J'avais le feu aux joues. Nous étions un peu à l'écart des autres à ranger le bois, j'avais peur qu'ils l'aient entendu. Ce serait notre secret, lui avais-je promis, je lui montrerais. Je sentais qu'à ses yeux je n'étais plus si petite que cela. J'en voulais pour preuve qu'il me faisait confiance. Et puis cette supplique — il avait une très belle voix, grave et profonde, un quelque chose dans ses yeux sombres, de doux et chaleureux, une sorte d'étincelle... Mes mains recueillies entre les siennes, j'aurais voulu le retenir le plus longtemps possible, m'imprégner de sa présence, détailler la fossette à peine esquissée au bout de son menton volontaire, la ligne très droite de ses sourcils, ses joues hâlées où la barbe repoussait si vite. Je le sentais troublé lui aussi, mais son sens de l'honneur ne lui aurait pas permis la moindre tentative galante. Il avait une vision très pure, je crois, de la manière dont on devait courtiser une jeune fille. À plus forte raison sous le toit de sa mère !

— Oh c'est trop chou...

Capucine s'attendrit, touchée par les propos de Marguerite.

— Vous y êtes allés quand ?

— Trop chou ?

Marguerite s'étonne avec un sourire de communiante en réfléchissant à la remarque de Capucine.

— Oui, pourquoi pas, *trop chou*...

Puis elle change de sujet pour cacher son émotion.

— Dis-moi, je n'aurais pas laissé la pochette dehors sur la table ?

RENÉ
1943

Capucine dispose les deux couverts au bout de la longue table de la cuisine, face au soleil qui décline et éclaire la pièce par la porte laissée grande ouverte. La pochette est posée non loin, prête à livrer d'autres réminiscences. L'adolescente a dû batailler gentiment avec la chatte grise qui était revenue se coucher dessus, et s'amusait à en mordiller les élastiques. Ne sachant jamais si les coups de pattes étaient donnés pour jouer ou relevaient d'une authentique contrariété, elle avait négocié avec précautions le retrait de la chemise en carton. Bien lui en avait pris, la chatte l'avait au final gratifiée d'un feulement bref et outré avant de décamper prestement.

— Quel sale caractère cette minette ! se plaint-elle à sa grand-mère en revenant.

— Comme sa maîtresse, pardi ! Je ne lui parle plus depuis belle lurette à celle-là. Assieds-toi, je vais te servir.

— Non non, on a dit que ce soir c'est moi qui te sers !

Capucine lui prend d'autorité le saladier des mains avant de la questionner.

— Bon alors, ce petit tour dans les bois avec Camil ?

— Tss, toi tu n'oublies rien, soupire l'aïeule. Tu ne peux pas me laisser manger au moins ? Et puis je tiens à te préciser tout de suite que c'était tout sauf une promenade de santé ou une balade galante ! Figure-toi toute une journée dehors en décembre, à piétiner dans la lande pendant que les bêtes broutent la callune et les genêts. C'était un jour de bruine en continu, tu vois de quoi je parle ? Ce froid humide qui transperce tous les tissus et qui nous laisse trempés sans qu'on s'en rende compte immédiatement, tu en as déjà fait l'expérience ? Nous étions chacun recouverts d'une grande cape de toile enduite, la vue bouchée par les nappes de nuages bas. Il fallait avancer vite, sans pause, pour ne pas prendre froid.

— Oui, mais pour une fois tu avais de la compagnie pour discuter, et agréable en plus ?

— Je ne prétends pas le contraire. Cela dit Camil avait des préoccupations bien précises. Il voulait repérer tous les abris possibles dans les environs. De petites loges en pierres sèches, des cabanes de feuillardiers, bref tout ce qui se fondait dans le paysage et permettait à un ou deux hommes de se planquer ou de cacher du matériel. Et il voulait savoir où habitait le père Bouillotte. Comme je te l'ai expliqué nous avions interdiction de nous en approcher, je n'ai donc pu lui donner que de vagues indications sur la direction à prendre pour s'y rendre. Je voyais bien que cela le laissait songeur.

— C'était quand même l'occasion de mieux faire connaissance, non ? Vous ne pensiez pas à ce que vous feriez une fois la guerre terminée ?

— Le présent était déjà si compliqué, crois-tu que l'on pensait à l'avenir ? Si, d'une certaine façon, mais c'était un peu abstrait, et puis j'étais encore toute jeune. Mais il est vrai que je me demandais si à la fin de tout cela il resterait par chez nous ou bien s'il rentrerait en Espagne. Et encore, cela dépendait aussi de la manière dont la situation allait évoluer là-bas. Les nouvelles n'étaient pas bonnes de ce côté non plus, pour ce que nous en savions du moins.

— Mais tu lui as posé la question j'espère ?

— C'est lui qui m'a questionnée pour savoir si j'aurais envie d'aller visiter sa Catalogne un jour. Il voulait me montrer les plantations d'oliviers, la vigne, les vergers d'amandiers en fleur, les petits villages en bord de mer, tout ça…

— Ma parole, mais il t'a fait une déclaration alors ?

Capucine s'échauffe, trouvant le récit de Marguerite de plus en plus romanesque.

— Sers-toi donc une tranche de pain pour saucer ton assiette au lieu de dire des bêtises.

La vieille dame freine son enthousiasme en la ramenant sur terre, même si l'intérêt de Capucine lui fait chaud au cœur.

— Tu vas me trouver naïve – et je l'étais certainement – mais je n'y voyais que de la gentillesse, une manifestation de sa générosité en retour de l'hospitalité que nous lui offrions. Sous ses airs un peu fiers, il se montrait d'une grande attention pour chacun, et serviable avec ça !

— Je rêve, tu ne l'as pas assuré que tu le suivrais au bout du monde ? Tu crois que tu as laissé passer ta chance ?

— Quelle chance ? Allons, heureusement que je ne me suis pas fait un film ! Pour être encore plus malheureuse après…

Elle laisse en suspens ses réflexions et Capucine, cette fois, sent qu'il vaut mieux ne pas la pousser plus loin.

— D'ailleurs c'est l'époque où ton arrière-grand-père est revenu, reprend-elle d'elle-même.

— Il revenait d'où ?

— Des Sudètes, une région agricole annexée à l'Allemagne où ils avaient besoin de bras pour faire tourner les mines, puisque leurs hommes étaient mobilisés à la guerre. L'industrie sidérurgique du Reich était de plus en plus gourmande et exigeante, mais comme l'armée l'était aussi en hommes, il fallait trouver les ouvriers ailleurs.

— Il faisait son STO dans les champs du coup ?

— Si tu veux, à vrai dire pour ce qui le concernait, il y a plutôt été transféré comme prisonnier au départ, avant la mise en place du STO à proprement parler. Mais à tout prendre, il était plutôt mieux loti dans cette région éloignée de Berlin que ceux qui étaient réquisitionnés pour travailler dans les usines des grosses villes. Il m'a expliqué par la suite que les paysages étaient très comparables aux nôtres ici, et le travail des mines est finalement le même partout. Et puis au moins, à la campagne, on a moins faim.

— Et il avait le droit de revenir, il n'était pas prisonnier ? C'était loin, comment faisait-il pour se payer le voyage ?

— Non, il n'était plus prisonnier, au sens où tu l'entends en tout cas. Ces hommes du STO étaient pour certains volontaires pour partir là-bas, à travailler pour l'industrie ou l'agriculture, mais aussi l'artisanat, bref, faire tourner l'économie allemande. Ils ont donc rejoint les soldats qui avaient été faits prisonniers au début de la guerre, et ils étaient logés dans des camps, recevaient un salaire, et avaient droit à des permissions, comme des soldats. Tu dois bien comprendre qu'à ce moment-là en France beaucoup étaient privés d'emploi, ils n'y allaient pas de gaieté de cœur mais par nécessité. Et puis les besoins augmentant, les Allemands ont exigé de plus en plus de main-d'œuvre. Le gouvernement français a donc fini par en réquisitionner de plus en plus. Si le Reich n'avait rien d'une agence de voyages on leur délivrait néanmoins un titre de transport pour prendre le train et rentrer une fois par an. C'était le cas cet hiver-là, il était revenu à la faveur d'une permission, pour la plus grande joie de sa mère. Sauf qu'il n'est pas reparti à la fin de la période accordée, et à compter de ce moment-là il a été considéré comme déserteur.

— La vache !

À cette évocation, Capucine en oublie son dessert.

— Alors lui aussi il va être recherché, fatalement ?

— Comme tu dis, *fatalement*. Dès son retour au village il avait pris contact avec les garçons pour prendre la température des mouvements en place, des actions programmées. Il était très déterminé. À partir de ses anciennes amitiés et relations avec les ouvriers de la mine, il avait rapidement été mis en lien avec le Maquis. Le fait de revenir d'Allemagne avec l'étiquette de déserteur lui conférait un certain prestige, et puis il avait appris un peu d'allemand sur place. Cela pouvait s'avérer très utile. Avec les premiers états des lieux qu'on lui avait brossés, il savait donc exactement où envoyer les garçons et pour quoi faire, auprès de quel chef.

Mandatées par lui, c'est ainsi également que nous nous sommes retrouvées avec Adèle à distribuer sous le manteau des tracts, la liste des denrées alimentaires et le prix auquel elles devaient être vendues sur le marché noir pour contrer les prix honteusement bas fixés par l'occupant. Il s'agissait de contrecarrer la propagande vichyste, d'encourager d'autres personnes à s'engager pour résister, et dénoncer les rafles qui se poursuivaient. Disons que notre activisme a pris un autre tour à partir de ce temps-là. Attends, je dois en avoir ramassé de ces tracts, je vais te montrer.

Elle exhume des feuillets un coupon jauni au papier craquant tant il est fin. L'impression est visiblement artisanale mais le message est sans équivoque. Capucine n'en revient pas, et lit à mi-voix devant sa grand-mère amusée : « La jeunesse de France répond MERDE ».

— C'était radical quand même : « Ne vous PRÉSENTEZ PAS aux mairies pour le recensement », « N'OBÉISSEZ PAS aux ordres de départ ». Ils prenaient des risques énormes ?

— Ça t'en bouche un coin, n'est-ce pas ? Celui-ci s'adressait aux jeunes justement, pour les dissuader de se laisser réquisitionner. La passivité aussi était une stratégie. Pour ceux qui partaient quand même ils recommandaient de ne pas respecter les cadences pour ralentir les chaînes, de se montrer « maladroits » avec le matériel pour l'abîmer et engendrer des pannes, et ainsi de suite. Une sorte de sabotage passif, en somme.

Elle fouille encore dans la chemise et en sort cette fois une feuille pliée en journal, un peu effritée, où l'encre a transpercé d'un côté à l'autre.

— Tu vois, on manquait de papier, la pâte qui était fabriquée était de plus en plus liquide et on n'obtenait que du papier de piètre qualité. Comme Adèle écrivait dans le journal clandestin de son lycée, et qu'elle avait assisté au départ des juifs depuis

René ◆ 1943

Guéret ou vers la Souterraine, René voulait qu'elle fasse un article là-dessus. On peut le lire ici, en bas.

— Tu devais être admirative, après tout ce qu'il avait déjà traversé ?

— Mon frère, Pierre, Camil, étaient très impressionnés. Adèle flattée de se voir incluse dans le plan d'action, reconnue dans son engagement. Les jours qui ont suivi elle en profitait pour demander à Pierre de la relire, son avis, et ainsi de suite. Mais moi, comme d'habitude, je comptais pour du beurre. Et puis il me faisait surtout peur ce René, à vouloir nous embarquer dans des actions dangereuses. Je n'avais pas envie de voir partir loin mon frère et mes amis pour une durée indéterminée, sans savoir si je les reverrais. C'est pourtant ce qui s'est passé et je suis restée seule à la ferme avec ma mère et Eva. Nous écoutions la radio tous les soirs et c'est là que nous apprenions qu'une ligne à haute tension avait été sectionnée, que le chemin de fer à tel endroit était saboté, qu'un viaduc avait sauté... Étaient-ils derrière tout ça ? Nous l'ignorions. Le pire c'était lorsque des « terroristes » étaient capturés ou abattus. Leurs noms n'étaient pas donnés et tous les jours qui suivaient nous redoutions plus que tout la venue du facteur ou du garde champêtre pour nous annoncer une mauvaise nouvelle.

— Et à quel moment vous avez décidé de vous marier alors, s'il ne faisait pas attention à toi et que ton cœur battait pour Camil ? Sans parler du pauvre Pierre qui devait avoir le moral dans les chaussettes !

— Mais plus tard, Capucine, beaucoup plus tard ! La guerre nous laissait si loin de ce genre de préoccupation ! Et au final… Quelle heure est-il avec tout ça ?

— Presque 20 h 30, il fait encore jour et plus doux, tu veux aller marcher un peu ?

— Pourquoi pas. Avant je vais finir le café.

Comme elle fait mine de se lever, Capucine la devance.

— Hop ! Madame désire un café, je vous apporte cela tout de suite ! Comment tu fais pour dormir après avoir pris du café, toi ?

— C'est parce que je mets un peu de chicorée dedans, ça fait digérer. « Qui digère bien dort bien », pour moi en tout cas. Tu as le petit poêlon rouge à côté de la gazinière pour le faire réchauffer.

— Il faudrait qu'on t'offre une cafetière et un micro-ondes quand même, ce serait plus pratique pour toi.

La remarque de Capucine amuse Marguerite qui ne s'est jamais faite à ces nouveautés qu'elle juge inutiles et bien embarrassantes.

— Que veux-tu que j'en fasse ? Pour que ces machines tombent en panne au bout de six mois ! Tu vois le gros poêle en fonte dans le cantou ? D'ici à fin septembre il va se mettre à ronronner pour tout l'automne, l'hiver et même une partie du printemps. Eh bien je peux compter sur lui pour réchauffer ou même cuire tout ce que je lui demande. Et tu voudrais que je m'embête avec des appareils qui sonnent et clignotent à tout-va ?

CAMIL
1943

Dans l'air rafraîchi du soir déclinant, les prés et les sous-bois exhalent des parfums d'herbe brûlée par la chaleur du jour, de fourrés cuits, de mûres desséchées en bord de talus. Un faible souffle fait craquer les feuilles des châtaigniers en passant ses doigts dans les branches, tandis que les premières pipistrelles froissent de leur vol maladroit le ciel orangé. Comme tous les soirs l'aïeule et l'adolescente s'émerveillent à voix basse de la beauté du paysage. Quand les montagnes douces tout autour prennent des teintes de lilas et d'ardoise, que seuls les murmures de la nature autour d'elles enveloppent leurs pas, elles se sentent flotter, bercées dans le creux du sentier qui s'incurve et leur fait faire le tour du hameau.

— Tout était exactement ainsi, tel que tu peux le savourer ce soir. Rien n'a changé.

Marguerite soupire, on ne sait si c'est de nostalgie ou pour mieux sentir la nuit qui descend. Elles marchent lentement, s'arrêtent, repartent. Des chiens aboient plus bas, très loin, leur alerte répercutée sur les flancs du relief.

— Et pourtant tout a changé. Je ne suis plus qu'une vieille dame qui se traîne, agrippée au bras de ma gentille arrière-petite-fille !

Elle plaisante à moitié en serrant un peu plus fort la main de Capucine.

— Si tu m'avais vu galoper à travers bois à l'époque ! Tout cela est si loin.

Un chat-huant lance son ricanement plaintif. Un hululement lui répond, plus loin.

— Quand je pense à tous ces vacanciers qui s'agacent des chants de nos oiseaux, et même des coqs à l'aube ! Moi ils m'aidaient à m'endormir, je m'inventais des histoires sur ces couples qui se formaient, nidifiaient, s'occupaient de leurs petits. Mais durant certaines de ces nuits venait s'ajouter le vrombissement des moteurs d'avion. Les nuits sans lune, au beau milieu du sommeil des braves gens, pour ne pas risquer être entendus, sauf de ceux qui les attendaient. Ou des insomniaques comme il m'arrivait de l'être.

— Pourquoi volaient-ils la nuit ? C'était les Allemands ?

— Non, c'était des avions de l'aviation anglaise qui venait larguer des stocks d'armes aux Maquis. C'est ainsi qu'un matin, après une nuit où j'avais noté dans un vague sommeil le passage d'un avion, en allant comme d'habitude conduire mon troupeau j'ai vu surgir Camil d'un fourré. Il avait maigri, l'air éreinté et sur le moment je ne l'avais même pas reconnu. Je notai que sa veste était déchirée en haut d'un bras et sa chemise grise de poussière. Nous ne l'avions pas vu depuis plusieurs semaines.

— Floreta, je suis venu pour te prévenir, m'a-t-il expliqué après m'avoir serrée dans ses bras. Ne va pas à ta cabane, celle qui est à moitié enterrée dans un talus, près de la source. Pars plutôt de l'autre côté.

Comme je lui demandais pourquoi, et s'il était blessé en désignant son épaule, il a ignoré ma remarque et m'a juste avertie qu'il risquait d'y avoir « du passage », des gens que je ne devais pas croiser.

— Fais-moi confiance Margarida, et si jamais tu vois ou entends quelque chose, s'il te plaît n'en parle à personne, d'accord ?

— C'est l'avion de cette nuit, n'est-ce pas ? j'ai voulu savoir.

— Oui, mais chut !

Il a mis un doigt sur mes lèvres :

— Fais bien attention à toi, et si on te demande, tu ne sais rien, tu n'as rien remarqué. La cabane sera vidée demain, après tu pourras y retourner. Il va y avoir du grabuge bientôt, il faudra que tu sois prudente, la Maman aussi, entends-tu ?

Si près de lui j'étais d'accord avec tout, et j'aurais aimé que le temps s'arrête, là, entre deux murets, à l'ombre du noisetier en chatons. Il a posé un long baiser sur mon front et il est reparti en petites foulées dans les fourrés, à travers bois, en suivant une sente de sanglier. En partant, il avait chargé sur son dos un gros sac de toile plein à craquer. Un peu plus bas, deux autres hommes en combinaison sombre attendaient dans les buissons et lui ont emboîté le pas.

Capucine laisse le silence dissiper l'émotion qu'elle a perçue dans la voix un peu enrouée de Marguerite. Comme elle ne reprend pas son histoire, elle la relance néanmoins quelques minutes après alors qu'elles sont presque revenues à la maison. La nuit est tout à fait tombée et les fait pareillement frissonner.

— Et du coup, il s'est passé quoi comme grabuge après ?

— Le viaduc de Bussy-Varache a sauté, une grosse quantité d'explosifs avait été déposée au pied d'une pile. La voie de chemin de fer vers Limoges était inutilisable.

— Et c'était eux qui avaient fait le coup ?

— Camil, nous l'avons su après, n'était pas dans le même groupe que mon frère et Pierre. Parfois certaines actions étaient concertées, mais la plupart du temps ce n'était pas le cas. Ce qui fait que par la suite, lorsque la Gestapo a débarqué avec les parachutistes, qu'ils ont arrêté et massacré des jeunes dans la région, nous ne savions même pas si nos gars en faisaient partie. Ils étaient très mobiles, disséminés dans toute la campagne. Pour cette opération, de près ou de loin, Camil, en tout cas, a été l'un des rouages de l'organisation. C'était *un guérillero* intrépide que plusieurs anciens maquisards ont loué, bien après. Je crois qu'il était très respecté…

Marguerite s'interrompt soudain.

— Dis donc ma poulette, on va se coucher maintenant, ta Mamie est bien fatiguée.

Les traits tirés, Marguerite ferme les volets, range la vaisselle qui a séché et prépare avec Capucine la table du petit-déjeuner.

— Tu voudras me raconter la suite demain matin ?

— Mmh, ce sera plus la fin que la suite, tu sais. Et ce ne sera pas bien gai.

— Si tu ne préfères pas, je ne veux pas te forcer, c'est pas grave.

— Laisse la pochette sur la table, on verra demain.

Couchée sous le gros drap de lin, l'édredon repoussé au bout du lit, Capucine se repasse mentalement tous ces événements évoqués depuis l'après-midi. Elle ne se souvient pas en avoir jamais entendu parler par ses parents. Sa grand-mère, parfois, a fait allusion à son père, René, avec admiration pour ses actes héroïques. Mais sans plus de détails. Et personne n'a fait mention d'Armand, sans doute n'a-t-il pas survécu à la guerre ni eu de descendants. Sinon elle aurait des petits-cousins de ce côté-là ? Personne non plus n'a envisagé la manière dont son arrière-grand-mère avait vécu cette période. Est-ce parce qu'elle est une femme et que seuls les hommes font la guerre ? Or elle sait qu'il y avait aussi des femmes dans la Résistance, et que même sans être engagées les femmes ont largement assuré le fonctionnement des fermes, la preuve tout ce qu'elle découvre depuis le matin. Leur courage et leur mérite n'étaient de ce point de vue pas moindre.

Elle essaie de s'imaginer, 80 ans en arrière. La nuit opaque, dans cette robuste bâtisse protectrice, un peu loin du village. Les bois et les prés tout autour, le bruit des bêtes. Cette odeur de pomme et de feu de bois qui imprègne les murs depuis qu'elle existe, le froid qui stagne dans les coins même quand le chauffage est à fond. Les renfoncements creusés dans les murs, derrière un petit volet, les niches dissimulées en haut de l'escalier, encore des portes, le grenier immense et tout le fatras qui y est entreposé. Les caches ne manquent pas, sans parler de la grange, de la bergerie, des remises et même la soue du cochon.

Elle s'est souvent étonnée en balade du nombre de petits abris invisibles que l'on trouve ici et là en chemin. Partiellement éboulés ou juste masqués par les ronces, un peu enfouis, creusés dans la roche ou dans les racines d'arbres énormes. Abris de bêtes ou d'humains ? Quel labyrinthe ce devait être, protecteur pour les résistants, insondable pour les Allemands qui ne le connaissaient pas. Mais parmi ceux qui traquaient les combattants de l'ombre, on trouvait également des gens du pays, qui savaient, eux...

Elle peine à trouver le sommeil, se tourne, se retourne, ramène finalement l'édredon sur elle pour s'y pelotonner. Une chouette hulotte se lamente, celle qui niche dans la charpente massive de la grange. Capucine finit par s'endormir en l'écoutant.

ADÈLE, EVA
Novembre 1943

Les arômes de café et de pain grillé montent jusqu'à sa chambre pour lui chatouiller les narines et la réveiller. Capucine émerge des brumes d'un sommeil agité et se hâte d'enfiler un sweat-shirt par-dessus son pyjama avant de descendre apaiser les gargouillis de son estomac affamé. Il fait déjà grand jour et elle maugrée d'avoir dormi si longtemps. Comme d'habitude Marguerite est levée depuis l'aube et l'accueille d'un gros baiser sur le front.

— Bien dormi ma Chérie ?

— À peu près, et toi, tu n'as pas fait de cauchemar après avoir parlé de tout ça hier ?

— Je te mentirais si je prétendais avoir trouvé le sommeil facilement, mais ça va, ne t'inquiète pas. Tu auras assez de tartines ou je t'en fais griller d'autres ?

— Mmh, ce sera parfait pour moi Mamie, assieds-toi. Tu reprends un café avec moi ?

Capucine jette un œil à la grande horloge dont le balancier luit entre les deux fenêtres. Il n'est pas si tard qu'elle le craignait, elle va pouvoir savourer son pain au beurre et à la confiture.

— Rappelle-moi à quelle heure arrivent tes parents ?

Marguerite picore les miettes de biscuit au fond de leur boîte.

— Ils ont dit qu'ils arriveraient avec un gâteau pour 14 heures, nous avons toute la matinée devant nous !

Capucine lance un œil interrogateur vers la pochette déposée en bout de table.

Marguerite saisit l'allusion et s'étire pour la ramener vers elle. Ses lunettes demi-lune au bout du nez elle passe en revue les documents, en dépose deux ou trois de côté, retient une double page qu'elle inspecte à la recherche d'un passage bien précis. Capucine ne dit rien, avale sa dernière bouchée. D'un coup d'œil en penchant un peu la tête elle déchiffre de sa place le titre de l'imprimé : « le Journal des jeunes filles patriotes ».

Elle se lève pour débarrasser son bol, nettoie son bout de table, range le pot de confiture, non sans en avoir prélevé une dernière cuillère.

— Trop bonne ta confiture de mûres Mamie, je crois que c'est celle que je préfère ! C'est un journal de la guerre que tu as gardé ?

— Un petit journal clandestin en effet. C'est celui auquel participait Adèle. Mais attends, si je ne te raconte pas les choses dans l'ordre tu ne comprendras rien.

Elle regroupe les feuillets dans la pochette, ne conservant que le journal, et reprend.

— Un matin comme celui-ci, mais plus tard dans l'automne, nous nous sommes tous donné rendez-vous chez le père Mauranges. Pierre était passé à la ferme pour m'y inviter. Il savait qu'exceptionnellement toute la bande serait au village, l'occasion de nous retrouver, ce qui n'était plus arrivé depuis plusieurs mois. Mon frère avait dû passer trois ou quatre fois. Comme je te l'ai dit, j'avais croisé Camil. René était plus discret encore, et Adèle était la plupart du temps à son lycée bien sûr. Un air de fête et de joyeuse fraternité régnait autour de la table, tu peux me croire. Pierre m'expliquait que la victoire ne saurait tarder, que les actions de résistance un peu partout finiraient par avoir raison des « boches » et de Pétain. Armand s'enflammait en évoquant le Général de Gaulle, qu'il admirait beaucoup. Adèle ne voulait pas être en reste et montrait qu'elle était au courant de plein de choses, dont elle parlait à demi-mots pour se donner de l'importance. Elle cherchait toujours à épater Pierre. Camil et René étaient plus taiseux.

Silencieuse à son tour, Marguerite laisse perdre son regard dans les entrelacs du bois de la table, un sourire triste aux lèvres.

— Le partage du pain, Capucine, ce n'est pas rien tu sais…

Sibylline, elle s'interrompt quelques secondes avant de reprendre.

— Mauranges nous servait le bouillon de légumes brûlant, Pierre avait ouvert un gros bocal de grattons, René avait porté une miche tout juste sortie du four. Elle embaumait la pièce, et nous unissait dans une joyeuse faim. Débordants d'optimisme, une fois les dernières bouchées avalées et avant de repartir chacun à nos occupations, bras-dessus bras-dessous, nous avons entonné de chaque côté de la table la fameuse chanson de tes cousins hier. Pour la dernière fois.

Adèle, Eva ◆ Novembre 1943

La vieille femme, les yeux clos, les lèvres jointes, se met à fredonner, presque inaudible pour commencer, un peu plus fort après les premières mesures du refrain. Puis elle murmure les paroles d'un couplet, avec une lenteur tremblotante :

Faut-il nous quitter sans espoir
De nous revoir un jour

Après un silence recueilli durant lequel l'adolescente retient son souffle, Marguerite rouvre les yeux, les essuie avec son mouchoir de flanelle, et reprend le mince journal pour en lire un article en particulier. Capucine, encore pétrie d'émotion, fait un effort pour noter de sa place le gros titre : « La femme combat pour la Liberté, elle est l'égale de l'homme ».

— Il n'était rédigé que par des femmes ? interroge-t-elle en s'éclaircissant la gorge. C'est très moderne comme revendication, non ?

Elle désigne d'un geste le titre qui a attiré son attention.

— Bah, disons que vous n'avez rien inventé, jeunes filles, mais que ces revendications doivent encore être rappelées ! Ce n'était toutefois qu'un des aspects de cette publication de jeunes femmes éduquées et impliquées s'adressant à l'ensemble des Françaises. Tiens, lis ici.

Marguerite l'invite en pointant un paragraphe en deuxième page. Capucine s'exécute à voix haute :

Engagez-vous comme agent de liaison ou infirmière.
Collectez et acheminez les vivres
pour nos combattants.
Organisez un secours populaire pour les familles
frappées par la répression.
Vous avez le devoir d'entraîner avec vous toutes
les jeunes filles et de leur faire prendre conscience
de leurs droits et de leurs devoirs.
Redoublons d'efforts, la victoire est proche.

— Ça envoie du lourd, chapeau les filles ! Donc toi, pendant tous ces mois dont tu m'as parlé, tu étais « agent de liaison » et tu ravitaillais les combattants si je comprends bien ?

— En définitive, oui...

Faisant une entorse à sa modestie, les pommettes de Marguerite rosissent.

— Je ne réalisais pas trop, apporter des paniers de casse-croûte aux hommes me semblait assez naturel, qu'ils soient aux champs ou cachés. Je l'avais toujours fait, depuis toute petite. La différence de taille, quand même, c'est qu'il fallait désormais éviter de se faire prendre par les gendarmes, la milice, ou des Allemands en patrouille dans le coin. Et nous en voyions de plus en plus. Mais je t'assure que je n'avais pas l'impression de me conduire en héroïne et même après, je ne me serais jamais vanté d'avoir « fait la Résistance », comme beaucoup l'ont prétendu.

— Et Adèle, elle écrivait là-dedans, elle les distribuait à Guéret, et elle en ramenait ici ?

— C'était surtout distribué dans les villes ou les bourgs, pas jusqu'ici. Celui-ci, je l'ai récupéré beaucoup plus tard, quand son lycée a organisé une cérémonie d'hommage, bien après la fin de la guerre.

— Un hommage à Adèle, qu'est-ce qu'elle avait fait ? s'enflamme Capucine.

— Pas uniquement pour elle, non. La cérémonie a eu lieu pour l'ensemble du groupe de lycéens dont elle faisait partie. J'y étais allée pour comprendre, pour rencontrer certains de ses anciens camarades, ceux du moins qui n'avaient pas été tués.

— Parce qu'elle a été tuée, elle ? À cause des articles ?

— Elle aurait pourtant pu y échapper, enfin il me semble.

Marguerite marque une nouvelle pause et Capucine sent à la lourdeur de son ton que ce qui suit ne va pas être facile à expliquer.

— Un samedi la Milice a déboulé dans le village et s'est garée devant la mairie. Ils n'avaient toujours pas digéré la fuite des travailleurs étrangers comme Camil, plusieurs jeunes hommes du village s'étaient dérobés au STO, et le maire était connu pour ses sympathies avec les résistants. Cela faisait un moment qu'ils l'avaient dans le collimateur, mais ils n'arrivaient pas à prouver sa complaisance. Cette fois-ci ils débarquaient avec la ferme intention de lui faire peur, ou pire, pour qu'il crache le morceau. Or ce matin-là Adèle était seule chez elle. Ses parents avaient raccompagné une vieille tante à la gare, ils en avaient pour la matinée. Alors tu penses, c'est tellement facile d'effrayer une adolescente de 17 ans… Ils avaient une liste des garçons du village qui avaient fui la réquisition. Ils l'ont d'abord menacée, puis brutalisée, et ont commencé à fouiller la maison. Armand et Pierre figuraient évidemment sur la liste, tout comme René d'ailleurs, déserteur je te le rappelle, ce qui était encore plus grave. Elle n'a rien lâché et nié toute implication de son père dans leur protection. Pour Camil aussi, elle a nié le connaître. Tu penses bien qu'ils ne l'ont pas crue. D'autant moins que certains au village leur avaient laissé entendre que le maire ne mettait pas grand-chose en œuvre pour les retrouver. Quand ils ont parlé de l'arrêter pour l'interroger plus à l'aise à Limoges, puis de revenir pour arrêter son père à son tour, elle a commencé à paniquer. C'est là que l'un des gars a trouvé la sacoche dans laquelle elle avait plusieurs numéros du journal que tu tiens dans les mains. Ils avaient désormais un vrai moyen de pression. Elle savait ce qui l'attendait et le risque bien réel qu'elle faisait courir à ses parents. Alors elle a craqué. Elle leur a parlé d'Eva.

Capucine réprime un cri et porte les mains à sa bouche.

— Mais pourquoi elle a fait ça ?

— Capucine, je ne sais pas ce que j'aurais fait à sa place, on ne peut pas la juger. Je pense qu'elle s'est imaginé pouvoir sauver son père en détournant la cruauté de ces hommes vers une autre cible. Sur le coup, je suis presque persuadée qu'elle n'a pas mesuré les conséquences de ses paroles. Ils la violentaient depuis un bon moment, les voisins qui l'ont entraperçue quand ils l'ont emmenée en ont témoigné.

— Ils l'ont arrêtée ? Et Eva ?

L'angoisse se lit dans les yeux de Capucine.

— Adèle était de toute façon gravement coupable à leurs yeux, la presse clandestine qu'ils venaient de trouver en attestait. D'autres déjà s'étaient retrouvés en prison puis déportés pour cela. Quant à Eva, c'était presque un bonus pour eux, qui compenserait le coup d'épée dans l'eau concernant les fuyards du maquis. Et encore, ce n'était que partie remise, ils ne lâcheraient pas l'affaire aussi facilement.

— Ça veut dire qu'après ils ont débarqué chez toi ?
— Nous les avons entendus monter chez nous comme nous finissions de nourrir les poules et les lapins…

Marguerite se lève pour aller ranger la boîte à biscuits dans le buffet en soupirant. Capucine, gagnée par l'anxiété, reste pétrifiée sur sa chaise.

— Tu devrais aller t'habiller avant d'attraper froid. Il va faire gris toute la journée aujourd'hui.

Capucine suit mollement le conseil de sa grand-mère, en traînant ses espadrilles sur le carrelage. Avant de monter elle jette un œil par la fenêtre sur la cour déserte, l'allée qui monte jusque-là, le grand tilleul qui en ombrage l'entrée. C'est ici qu'ils avaient dû surgir. Elle visualise les automobiles noires, les hommes armés qui en descendent, des chiens-loups peut-être, elle en a vu dans les films. Tout dans leur attitude est menaçant. Elle frémit, ferme les yeux et monte dans sa chambre.

Quand elle redescend la vieille femme l'attend avec un panier à la main.

— Tu m'accompagnes au jardin ? On va voir s'il n'y aurait pas une courgette ou une aubergine assez grosse pour ce midi. Pour une fois que tes cousins s'en sont occupés jusqu'au bout, je devrais en avoir pour plusieurs semaines.

Chaque été les petits réclamaient de pouvoir faire un peu de potager. L'arrière-grand-mère les conseillait, les grands exécutaient les tâches les plus physiques, mais l'intérêt s'émoussait au fil de l'été et les plants finissaient souvent grillés, sans soins suffisants. Mais ils s'étaient montrés plus assidus cette année et avaient pu savourer le fruit de leur travail avant de repartir.

Capucine lui embraye le pas, un peu déçue de ne pas avoir la suite de l'histoire. Elle jette en passant un coup d'œil inquiet à l'allée, s'attendant presque à voir monter les véhicules et ses sinistres occupants. Cela n'échappe pas à Marguerite.

— Tu te souviens du Père Bouillotte, dont je t'ai parlé hier ?

La vieille dame un s'efforce de rendre son ton plus léger.

— Le sorcier alcoolique ?

— Oh mon Dieu ! C'est ce que tu en as retenu ?

Marguerite s'esclaffe et reprend après un court instant :

— Pauvre homme, on lui faisait une réputation déplorable quand j'y pense. Mais enfin, cela s'est avéré bien pratique en fin de compte. Tiens, prends celle-ci, je vais nous faire des beignets.

Elles sont parvenues devant les aubergines et l'aïeule pointe du bout de sa canne un fruit sombre à la peau luisante, généreusement arrondi.

— Super, j'adore ! Je vais prendre des notes pour en refaire chez moi, Maman ne réussit toujours pas à les faire exactement comme toi. Et Bouillotte alors ?

— Eh bien, ce matin-là, ils avaient mené une action sur plusieurs fronts. Quelqu'un au village les avait forcément renseignés, on n'a jamais su qui, mais les représailles à la fin de la guerre n'ont pas été tendres. Passons. Pendant qu'une partie de l'expédition se trouvait chez nous, une nouvelle fois pour tout fouiller et démolir, d'autres miliciens accompagnés de gendarmes faisaient une descente chez le père Bouillotte. On aurait dit des molosses enragés, et nous, nous n'étions que toutes les deux avec ma mère.

— Ils vous ont fait du mal ? interroge Capucine en redoutant la réponse.

— Ils ont tabassé ma mère pour la faire parler, oui, et j'aurais voulu les tuer pour cela. Mais les deux qui me gardaient à part en ricanant m'en empêchaient. Et puis ils ont changé de tactique, ils ont ramené ma mère dans la grange où j'étais assignée et voulaient « s'occuper de moi » sous ses yeux.

Capucine blêmit. Elle déglutit péniblement tandis que Marguerite reprend son souffle et poursuit.

— C'est là qu'a retenti une fusillade, d'abord lointaine, un roulement au fond des bois plus bas. Comme l'orage qui menace et se rapproche, le tonnerre des mitraillettes s'est fait de plus en plus précis. Et puis soudain, une énorme explosion. Une gerbe de feu et de projectiles a jailli là-bas, après le ruisseau que tu vois plus bas. Un panache de fumée s'est élevé et d'autres explosions en cascade ont crépité, amplifiées par l'écho sur la roche des collines. Ce fut comme un signal de départ pour eux, ils nous ont plantées là toutes les deux. De toute façon ils n'avaient trouvé personne, et ont repris leur voiture pour décamper. Ma mère était effondrée, sous le choc. Aux douleurs physiques s'ajoutaient le traumatisme nerveux mais aussi une angoisse terrible.

— Eva ? C'est ça ?

— Eva n'était plus chez nous depuis la veille au soir, c'est René qui était passé la chercher, confirme l'aïeule. Ce jour-là, j'ai appris les activités du père Bouillotte pour la Résistance. Comment avec le docteur il faisait passer des enfants juifs jusqu'à Crocq, pour qu'ils soient ensuite acheminés vers la Suisse. La veille au soir encore, lorsque j'avais aidé Eva à empaqueter ses maigres affaires et quelques provisions, on m'avait juste dit de lui faire mes adieux, sans rien m'expliquer.

— C'est dingue, pourquoi on te maintenait à l'écart aussi souvent ?

L'indignation de Capucine fait grimper sa voix dans les aigus.

— Ma mère était très stricte, « Les enfants ne se mêlent pas des affaires des grands. » Je te rappelle que j'avais 16 ans à ce moment-là, mais pour elle c'était encore trop jeune je suppose. Et puis moins j'en savais, moins je risquais en dire en cas d'interrogatoire. Elle voulait me protéger, mais en fin de compte elle me maintenait dans un état d'anxiété bien plus grand que si elle m'avait expliqué au minimum ce qui se passait. Heureusement que les garçons m'en disaient un peu plus et me faisaient confiance. Mais concernant cette affaire, René ne m'a rien dit quand il est venu chercher Eva.

— Mais l'explosion alors, ils les ont tués en les trouvant ?

— Non justement, c'est en se rendant compte qu'ils les avaient loupés de peu qu'ils ont tout fait sauter, mais il n'y avait personne ! Sauf que nous l'ignorions, et nous n'avons su que plusieurs heures d'angoisse plus tard qu'ils leur avaient échappé.

— Ce qui veut dire que Eva a eu la vie sauve ? Jusqu'à la fin de la guerre ?

— Elle a fait partie des rescapés, grâce à Dieu.

— Tu l'as revue après la guerre ?

— Elle nous a écrit plusieurs années après pour nous dire qu'elle était retournée en Pologne, qu'elle avait fondé une famille. Ils sont venus une fois en France, nous avons fait connaissance de ses deux enfants, de son mari, lui aussi un rescapé, mais d'un camp de concentration. Je te montrerai les photos, si tu veux bien m'aider à remonter à la maison.

CAMIL
Printemps 1944

— René l'appelait « *El dynamitero* ».

Capucine pose à terre l'arrosoir à moitié plein, entre deux rangs de pieds de salades. L'aïeule est assise sous le noisetier, sur un monolithe de granite qui doit être installé là en guise de banc depuis des siècles. Elle indique de sa place ce qu'il faut arroser, combien, et surtout pas sur les feuilles.

— C'est qui le dynamiteur ? traduit Capucine en s'approchant.

— Les réfugiés espagnols étaient réputés pour leur maîtrise des explosifs, ne me demande pas pourquoi.

Ils assuraient souvent des missions d'instructeurs pour les nouvelles recrues du Maquis, organisaient les dynamitages. René avait fait appel à Camil pour prendre en charge un petit groupe de jeunes, quatre je crois. Il devait les former, et se tenir prêt avec eux pour faire sauter un point stratégique qui leur serait désigné ensuite. Un couple d'agriculteurs les hébergeait dans leur ferme, loin de tout, comme beaucoup de fermes par chez nous. La journée ils plantaient des pommes de terre, des haricots, du maïs, et le soir ils faisaient leurs affaires. Sauf que quelqu'un en a eu vent et les a dénoncés.

— Ça, c'est un truc que je ne comprends pas ! Pourquoi tout le monde ne faisait pas bloc ?

— Tu en as toujours qui voient leur intérêt propre en premier, qui calculent comment ils pourront tirer au mieux leur épingle du jeu s'ils vont dans le sens des dirigeants, quels qu'ils soient. C'est toujours vrai aujourd'hui tu sais. Dès janvier 1944 Vichy avait instauré une Cour Martiale, aux mains des Milices. On a alors connu une vague sans précédents d'arrestations et d'incarcérations sans aucun titre légal. Les procès étaient une mascarade de justice, mais les condamnations et exécutions immédiates étaient bien réelles.

— Jusqu'ici ? On se sent pourtant tellement loin de tout, c'est si calme…

— Pour nous aussi cela paraissait incroyable d'entendre soudain monter une colonne de véhicules, mais on avait compris que ce n'était jamais bon signe. Toujours est-il que ce 20 mars la Police de Sûreté et les hommes du Régiment de la Garde ont débarqué, arrêté Camil et les quatre jeunes, et les agriculteurs aussi.

— Mais puisqu'ils plantaient des patates !

— Ils n'étaient pas idiots non plus, ils ont trouvé les charges de poudre, des détonateurs, un petit stock d'armes... Le motif retenu contre eux fut donc « Flagrant délit de tentative d'assassinat au moyen d'armes et d'explosifs pour favoriser une activité terroriste ».

— Comment tu l'as su ?

— Je ne l'ai pas su tout de suite, ou plutôt j'en ai entendu parler à la radio mais sans savoir qu'il s'agissait de Camil. Nous avions par contre appris qu'une ferme avait été incendiée par les forces de l'ordre, et rien que cela suffisait à nous plonger tous dans l'affliction. René nous a appris leur arrestation deux semaines plus tard. En fait ils avaient déjà été exécutés, et les agriculteurs complices embarqués dans un convoi pour Buchenwald.

Marguerite ressort son mouchoir de la poche de son tablier, s'essuie sous ses lunettes. Capucine s'assoit à côté d'elle, les larmes aux yeux également, et passe son bras autour de ses épaules sans rien dire. La vieille dame se mouche doucement et lâche en souriant :

— Après la fin de la guerre, René a été jusqu'à la prison de Limoges pour savoir exactement ce qu'ils étaient devenus, où ils étaient enterrés. Il connaissait l'aumônier, qui lui a restitué les deux trois affaires qu'avait Camil dans ses poches : une photo de ses parents et un dessin.

— Un dessin ?

— Quand il m'a ramené ce petit dessin, René a eu ce commentaire qui se voulait un hommage : « Ce diable d'Espagnol, non seulement il était brave et ne craignait rien du danger, mais en plus il avait un joli coup de crayon ! ».

— Il représentait quoi ?

— Je vais te le montrer tout à l'heure, finis d'arroser.

— Et tu sais où se trouve sa tombe ?

Marguerite hausse les épaules.

— Dans une fosse commune. Il n'y a pas de tombe, ils les ont jetés dans une fosse, comme des chiens ! soupire-t-elle entre ses dents.

ARMAND, PIERRE
Juillet 1944

Un troupeau de brebis et leurs agneaux s'éparpille dans la lande, à flanc de montagne. Un bosquet de très vieux genévriers s'élève sur la droite, leurs branches tortueuses s'élèvent en flammèches vers un ciel nuageux. Au premier plan une jeune fille, la bergère, tient un tout petit agneau dans les bras. Elle est assise sur un gros rocher à l'ombre des genévriers, ses sabots dépassent de la jupe longue. Le dessin est délicatement exécuté à la mine de plomb, le ciel estompé, le trait plus appuyé sur les arbustes et les touffes de bruyères, très léger sur le personnage.

— C'est toi avec tes moutons qu'il a dessinés ?

Capucine interroge sa grand-mère pour la forme, tandis que Marguerite mélange avec précaution les blancs d'œufs en neige et le reste de la pâte. Elle hoche seulement la tête pour répondre.

— Il dessinait vraiment bien, tu es si jolie au milieu. On voit qu'il a apporté beaucoup de soin à tous les détails du personnage, le trait est doux…

L'adolescente se sent un peu gênée, comme si elle avait surpris une scène intime. L'enthousiasme et la curiosité de la veille se sont évanouis. Son arrière-grand-mère accuse une fatigue qui n'est pas seulement physique, l'atmosphère s'est appesantie au fil du récit et elle n'est plus certaine de vouloir connaître les détails de la fin. Capucine sait désormais que cette fin est tragique et se reproche d'avoir réveillé ces tristes souvenirs. Encore qu'à la réflexion ce soit cette fichue chanson qui les ait ravivés. Elle comprend mieux à présent ce qui a causé la vive réaction de l'aïeule en l'entendant, une révolte, une douleur à la limite du supportable, comme lorsqu'on appuie sur une ancienne cicatrice toujours sensible, prête à saigner.

Marguerite couvre la jatte de terre cuite avec un torchon avant de s'asseoir en face de Capucine.

Armand, Pierre ◆ Juillet 1944

— Tu as la dernière lettre de Pierre aussi, c'est le père Mauranges qui me l'avait portée. Et puis le journal qui parle de leur arrestation.

L'adolescente ramène à elle les documents qui avaient été mis de côté, commence par la lettre.

Mon bien cher Père,

Je m'en veux de te causer autant de peine et de tracas après tout le soin que tu as pris de moi durant toutes ces années. Je ne t'ai sans doute pas assez remercié, ni exprimé toute ma reconnaissance et même ma tendresse. Je crois que tu n'étais pas beaucoup plus doué que moi sur le chapitre des sentiments.

Il n'y a plus d'espoir pour moi de te revoir, la cour martiale a prononcé notre peine immédiatement après la lecture des actes d'accusation. Tu peux être fier de moi pourtant, et des camarades aussi, nous n'avons pas démérité tu peux me croire. C'est ainsi.

Je voudrais te demander une dernière faveur. Tu sais l'affection que j'ai pour la sœur d'Armand, la petite Marguerite. Dis-lui bien que j'ai le cœur déchiré de ce destin si contraire à ce que j'éprouve pour elle. Si Armand n'était pas condamné lui aussi il aurait pu lui confirmer que mon souhait le plus cher était de la chérir et de la rendre heureuse pour le restant de mes jours, s'il m'en était resté.

Prends soin de toi et ne m'oublie pas, j'emporte avec moi le souvenir de nos belles années passées côte à côte sur les chemins.

Ton fils qui t'aime
Pierre

Capucine essuie ses larmes du revers de sa manche et jette un œil sur le journal. Elle ne s'arrête qu'aux titres, revient sur la date qui indique le mois de juillet 1944. La déroute, les exactions des divisions SS qui remontent vers le nord en semant la mort dans tous les villages qu'ils traversent. Arrestations, procès bâclés, justice inique, exécutions, déportations… Les mots dansent sous ses yeux tels de sinistres vautours.

RENÉ

Marguerite rassemble les papiers, les photos, les articles, remet le tout dans la pochette et pose les mains à plat dessus.

— Voilà, tu sais tout, conclut-elle.

Capucine ne peut quitter le dessin des yeux.

— Ce devait être vraiment difficile pour vous tous, même une fois la guerre terminée, de reprendre une vie normale. Il a fallu beaucoup de courage j'imagine. Et... comment tu en es venue à épouser papi René ?

— Ah ! Cela s'est fait plus tard. Tu as compris qu'il avait réussi à échapper à tout ça, mais il en est resté très marqué. Il lui a fallu des mois pour surmonter ces épreuves. C'est sa mère qui insistait pour qu'il se marie, elle voulait des petits-enfants et s'imaginait que fonder un foyer, parier sur l'avenir et la vie suffirait à faire taire les cauchemars qui le hantaient toutes les nuits. Je ne saurais te dire exactement comment nous en sommes arrivés là, mais un jour il m'a confié qu'il m'aimait bien. Il se rendait compte, et me l'a dit d'emblée, qu'il ne remplacerait jamais ceux qui avaient disparu et qui me manquaient tant. Je pense que Camil comme Pierre avaient dû lui faire part, chacun de son côté, de leurs sentiments à mon égard. Toujours est-il que nous nous sommes accordés, que nous avons appris à nous apprécier beaucoup, et qu'ensemble nous pouvions chérir le souvenir de nos compagnons disparus. Tu peux trouver cela étrange, mais cela nous a rapprochés et soudés.

Capucine a le sentiment d'être dépositaire désormais de quelque chose de très précieux. Un trésor qu'il lui appartient maintenant et dans les années à venir de préserver, avant de le transmettre à son tour. C'est à peine si elle ose passer le doigt sur le graphite du dessin, de peur de le voir s'effacer, le papier tomber en poussière. Sans vouloir le formuler tout à fait, elle sait que lorsque Marguerite ne sera plus, le contenu de la pochette, ces quelques documents précautionneusement regroupés ne voudront plus rien dire à personne si quelqu'un ne les fait pas parler.

Entre tristesse et fierté, pleine du rôle dont elle se retrouve investie, elle se lève de sa chaise et va rejoindre son arrière-grand-mère pour l'embrasser longuement, en silence.

Sans qu'elles l'aient entendue, une voiture a monté l'allée et s'est garée sous le tilleul. Il a commencé à pleuvoir, de grosses gouttes tambourinent sur les feuilles de l'arbre séculaire. Des portières claquent, des pas précipités traversent la cour.

— Je crois que tes parents sont là ma Grande, chuchote Marguerite à l'oreille de Capucine.

Pour prolonger la lecture de ce roman :

Couverture & maquette : La Femme assise
Photographie de couverture : © DR
© 2024 Patricia Vigier

Édition : BoD • Books on Demand GmbH, In de Tarpen 42, 22848 Norderstedt (Allemagne)
Impression : Libri Plureos GmbH, Friedensallee 273, 22763 Hamburg (Allemagne)
ISBN : 978-2-3224-7825-5
Dépôt légal : Septembre 2024
Première publication : © Pomarède & Richemont septembre 2022
ISBN : 9782493920126

Le code de la propriété intellectuelle interdit les copies ou reproductions destinées à une utilisation collective. Toute représentation ou reproduction intégrale ou partielle faite par quelque procédé que ce soit, sans le consentement de l'auteur ou de ses ayants cause, est illicite et constitue une contrefaçon sanctionnée par les articles L.335-2 et suivants du code de la propriété intellectuelle.

Ce livre est imprimé sur un papier composé de fibres naturelles, renouvelables et recyclables, fabriqué à partir de bois issu de forêts qui adoptent un mode de gestion responsable et durable – respectueux de la biodiversité, des équilibres écologiques et de la stabilité économique des populations locales.

Loi n°49-956 du 16 juillet 1949 sur les publications destinées à la jeunesse, modifiée par la loi n°2011-525 du 17 mai 2011.